19. Mai 1910

Objets Antiques

MARBRES, ORFÉVRERIE,

VERRERIE, CÉRAMIQUE, BRONZES,

IVOIRES, ETC.

MACON, PROTAT FRÈRES, IMPRIMEURS

CATALOGUE

DES

OBJETS ANTIQUES

ET DU

MOYEN AGE

MARBRES, ORFÈVRERIE, VERRERIE, CÉRAMIQUE,
BRONZES, IVOIRES, ETC.

PROVENANT DES

Collections du Dr B. et de M. C.

ET DONT LA VENTE AURA LIEU

à PARIS, Hôtel DROUOT, Salles Nos 7 et 8

Du Jeudi 19 au Samedi 21 Mai 1910

A DEUX HEURES PRÉCISES

Commissaire-priseur : Me LAIR DUBREUIL, 6, rue Favart

Experts :

M. ARTHUR SAMBON
12, Place Vendôme
PARIS

MM. C. E. CANESSA
19, rue Lafayette, PARIS
Piazza dei Martiri, NAPLES
479, Fifth Avenue, NEW-YORK

EXPOSITIONS

Particulière : Le Mardi, 17 Mai 1910, de 1 h. 1/2 à 6 h.

Publique : Le Mercredi, 18 Mai 1910, de 1 h. 1/2 à 6 h.

Entrée par la rue de la Grange Batelière

ART ÉGYPTIEN

1 Fragment de stèle en pierre calcaire. Bas-relief à silhouette déprimée. Buste d'homme et hiéroglyphes. XVIIIᵉ dynastie.

33 × 18.

2 Statuette en calcaire. Épervier.

Superbe travail de la meilleure époque de l'art égyptien.

Haut. 0ᵐ 19.

3 Buste en granit rose du roi Osorkon Iᵉʳ, deuxième roi de la XXIIᵉ dynastie. Il porte sur la poitrine un cartouche avec la légende : « *Il est l'image vivante de l'un des devenirs du Soleil et le bien-aimé de Râ* », et une inscription carienne ajoutée après coup. C'est un fragment d'une grande statue dont il existe le socle portant un cartouche avec le prénom du souverain.

Les statues d'Osorkon Iᵉʳ sont fort rares.

Planche I.

Haut. 0ᵐ 60.

4 Statuette égyptienne en basalte noir. Jeune Égyptien agenouillé tenant devant lui une caisse rectangulaire à l'effigie d'Osiris, accompagnée, sur ses bords et sur ses côtés, des inscriptions hiéroglyphiques.

Planche I.

Haut. 0ᵐ 30.

5 Scribe naophore en basalte noir. Il est accroupi, les bras croisés au-dessus d'une tablette sur laquelle est représentée une scène d'adoration.

Très belle sculpture de l'époque saïte.

Planche I.

Haut. 0ᵐ 33.

6 Buste égyptien de divinité féminine, en pierre dure. Époque saïte.

Haut. 0ᵐ 065.

7 Osiris assis.

Jolie statuette en basalte noir.

8 Pion d'échiquier en marbre rose.

Trouvé à Abydos (fouilles Amélineau).

9 Trois pions d'échiquier en terre émaillée.

> Trouvés à Abydos (fouilles Amélineau).

10 Tête féminine en ébonite. XIIe dynastie. Socle en marbre rouge.

11 Petit vase en diorite avec anses en or.

> Pièce très rare.

12 Petit vase égyptien en albâtre.

13 Petit vase avec son couvercle en pierre noire. Ornements gravés : ondes et lignes brisées.

> Époque thinite (fouilles d'Abydos).

14 Petit vase égyptien en pierre blanche à veines noires. Très belle pièce d'une facture remarquable. XVIIIe dynastie.

> Haut. 0 m 105.

15 Vase égyptien en pierre blanche de forme élégante, ayant une grande analogie avec la potiche chinoise.

> Haut. 0 m 205.

16 Statuette de Thot, le dieu à tête d'ibis. Tête émaillée d'une ravissante couleur bleu pâle.

> Haut. 0 m 125.

17 Très belle statuette funéraire d'Osiris en émail vert clair.

> Haut. 0 m 18.

18 Thouëris. La déesse en forme d'hippopotame est debout, marchant. Émail vert.

> Haut. 0 m 043.

19 Buste de Thouëris. Fragment de statuette. Émail vert.

> Superbe modelé.
> Haut. 0 m 045.

20 Statuette en terre émaillée verte représentant un singe debout. Très rare et d'une grande finesse.

> Anc. coll. Hoffmann.
> Haut. 0 m 09.

21 Horus. Émail blanc.

> Haut. 0 m 07.

22 Ibis. Émail vert.

23 Cynocéphale accroupi, les mains posées sur les genoux. Émail vert.

> Finement modelé.
> Haut. 0 m 056.

24 Sekhet. Émail vert.

Haut. 0^m 09.

25 Petite plaque ajourée en émail jaune et brun, ornée d'une tête du dieu Bès.

26 Vase égyptien en terre vernissée ayant la forme d'une fleur de lotus.

Fouilles d'Abydos.

27 Petit buste de femme en terre émaillée. Elle tient une amphore à vin qu'elle incline en avant. Art ptolémaïque.

Alexandrie.

Haut. 0^m 05.

28 Sceau en forme de bague, en terre émaillée bleue.

29 Fragment d'une tête de lionne en bois de cèdre. Art égypto-assyrien.

Trouvé à Abydos.

30 Statuette en bronze représentant un scribe assis tenant un papyrus déroulé sur ses genoux. Inscriptions et incrustations d'or.

31 Statuette en bronze d'Ament.

32 Statuette d'Osiris en bronze.

33 La déesse Bast, léontocéphale, debout adossée à un pilier portant une inscription.

Haut. 0^m 15.

34 Fresque égyptienne. Femme agenouillée devant une table d'offrandes. Elle tient à la main une fleur de lotus.

35 × 21.

35 Tête de Bès en or estampé.

Alexandrie.

MARBRES GRECS ET ROMAINS

36 Stèle archaïque. Athlète debout.

Haut. 0^m 42.

37 Tête virile. Travail archaïque de style éginétique.

>Trouvée à Rome.

>>Haut. 0 m 18.

38 Grande tête de Koré en marbre de Paros. Remarquable sculpture du IVe siècle av. J.-C.

>Trouvée en Sicile.
>*Planche IV*.

39 Fragment d'une magnifique réplique de la *Vénus des Jardins* d'Alcamène, en marbre de Paros (Ve siècle av. J.-C.). C'est une œuvre remarquable d'une grande délicatesse de facture et, au point de vue de la draperie, une des sculptures les plus célèbres de l'antiquité.

>*Planche III*.

>>Haut. 1 m 25.

40 Très belle tête de Hermès en marbre de Paros. Remarquable sculpture grecque du IVe siècle av. J.-C.

>Comparez avec la tête d'Apollon sur les statères d'or de Philippe de Macédoine.

>Trouvée à Athènes.
>*Planche II*.

>>Haut. 0 m 28.

41 Tête de philosophe ou stratège grec, en marbre de Paros. Belle sculpture de la meilleure époque de l'art.

>Trouvée à Athènes.

>>Haut. 0 m 38.

42 Eros sur un dauphin, en marbre de Paros. Superbe fragment de sculpture grecque du IVe siècle.

>Ce sujet se trouve sur une monnaie de Corinthe et sur les deniers de la gens Lucretia.
>Trouvé près de Tarente. Socle en rouge antique.
>*Planche VII*.

>>Long. 0 m 50.

43 Torse viril en marbre. Vigoureuse sculpture de la belle époque.

>Socle en marbre rouge antique.
>*Planche VII*.

>>Haut. 0 m 70.

44 Grand lécythe attique en marbre, du IVe siècle. Scène de congé.

>*Planche VII*.

>>Haut. 0 m 78.

45 Buste de Polymnie en marbre de Paros. Réplique de la statue exécutée par Philiskas de Rhodes.

>Trouvé en Grèce.
>*Planche IV*

>>Haut. 0 m 30.

46 Fragment d'un grand cratère en marbre. Il reste de la décoration une femme debout
tenant une corbeille de fruits et une reproduction de la célèbre statue du Satyre
dansant, la tête rejetée en arrière.

> Remarquable sculpture hellénistique.
> *Planche IX.*   Haut. 0m 87.

47 Statuette en marbre représentant une chèvre.

> Charmante sculpture hellénistique trouvée à Naples.
> Voyez *Le Musée*, 1908.
> *Planche IX.*   Haut. 0m 30.   Long. 0m 35.

48 Petit bas-relief. Lion passant.

> Remarquable sculpture hellénistique.
> *Planche IX.*   Haut. 0m 35.   Long. 0m 45.

49 Scène de sacrifice. Bas-relief grec.

> Trouvé à Tivoli.
>   Haut. 0m 32.

50 Tête de philosophe grec.

> Travail grec du IVe siècle.
> *Planche VII.*

51 Buste d'Apollon. Beau travail de la fin de la République romaine.

> Socle en rouge antique.
> *Planche VIII.*   Haut. 0m 42.

52 Buste de vieillard. Ier siècle avant J.-C.

> C'est un portrait d'une grande vérité qui rappelle beaucoup la facture du célèbre
> portrait du banquier Jucundus, trouvé à Pompéi.
> Socle en marbre gris.
> *Planche VI.*   Haut. 0m 35.

53 Buste d'Auguste jeune.

> Très belle sculpture de la fin de la République romaine, trouvée à Nola.
> *Planche VII.*   Haut. 0m 44.

54 Tête d'Octavie. Sculpture romaine du siècle d'Auguste.

> Trouvée à Naples.
> Socle en marbre gris.   Haut. 0m 27.

55 Statue en marbre de Paros représentant Triptolème. Il est debout, couronné d'épis
et vêtu d'une chlamyde qui moule les formes du corps ; de la main droite avancée
il tenait une gerbe d'épis ; à ses pieds est assis un marcassin.

> Très belle sculpture romaine trouvée en Sicile.
> *Planche V.*   Haut. 0m 80.

56 Rondelle de marbre provenant de Pompéi, sculptée sur les deux faces : *a*) Niké libant sur un autel rustique ; *b*) Faune dansant et tenant un masque de Silène.

Diam. 0ᵐ 29.

57 Terme dionysiaque. Marbre jaune.

Trouvé à Pompéi.

58 Pied de table en marbre gris d'Afrique. Tête de tigre entée sur une griffe de lion.

Trouvé à Pompéi.
Anc. coll. Somzée.

Haut. 0ᵐ 965.

59 Fragment d'un vase en marbre. Amour assis sur une panthère et lui tirant l'oreille.

Jolie sculpture alexandrine trouvée à Boscoreale.

60 Petit bas-relief en marbre. Masque de comédie.

61 Deux socles en marbre. Sur le devant sont enchâssés deux fragments de sarcophages romains du ivᵉ siècle, représentant des lions dévorant leur proie : un cerf ou un sanglier.

Haut. 0ᵐ 75. — Long. et larg. 43.

62 Tête en marbre représentant l'empereur Julien. ivᵉ siècle.

Trouvée à Rome. Les portraits de cette époque sont très rares.

Planche VII.

Haut. 0ᵐ 29.

VERRERIE

63 Joli flacon en forme de sceptre lotiforme. Pâte bleue à incrustations vertes, jaunes et blanches.

Superbe pièce. Egypte.

0ᵐ 085.

64 Flacon fusiforme. Pâte brune, incrustations vertes et jaunes.

Phénicie, ivᵉ-vᵉ siècle.

Haut. 0ᵐ 125.

65 Petit amphorisque à bouche trilobée en verre opaque vert avec filets blancs.

Très rare de cette couleur.

Haut. 0ᵐ 09.

66 Coupe en verre émeraude travaillé à la meule.

Alexandrie. Superbe pièce.

Diam. 0ᵐ 08.

67 Flacon affectant la forme d'un battant de cloche.

> Belle irisation.

> Long. 0 m 15.

68 Bouteille en verre verdâtre ; anses et collerettes en verre émeraude.

> Haut. 18 cent.

69 Flacon fusiforme en verre jaunâtre, anses à rubans plissés et collerette en verre bleu-saphir.

70 Flacon pomiforme, en verre verdâtre. à long col cerclé de fils agglutinés, en pâte couleur émeraude.

> Syrie. Hauteur de la panse. 6 cent. ; du col. 26 cent.

BRONZES GRECS ET ROMAINS

71 Statuette primitive. Hermès.

> Trouvaille d'Andritzena.

> Haut. 0 m 072.

72 Figurine archaïque. Berger portant des offrandes ; il est coiffé de la χλαμ, et d'un manteau court.

> Charmante statuette qui fait penser aux figurines des rois mages dans les sculptures du XIVe siècle.

> Belle patine.

> Haut. 0 m 08.

73 Figurine archaïque. Hermès debout, marchant ; il est coiffé d'une calotte conique en cuir et enveloppé d'une peau de bête.

> Trouvaille d'Andritzena.

> Haut. 0 m 10.

74 Figurine archaïque. Hermès debout, coiffé d'une calotte conique et vêtu d'une longue veste asiatique.

> Trouvaille d'Andritzena.

> Haut. 0 m 10.

75 Statuette archaïque. Hermès criophore.

> Trouvaille d'Andritzena.

> Haut. 0 m 095.

76 Anse de vase archaïque en bronze ornée d'une tête féminine. Beau travail grec du VIe s.

77 Anse de vase archaïque. Un acrobate.

78 Autre figurine semblable.

> Art étrusque.

79 Figurine étrusque représentant Hercule imberbe debout, tenant la massue levée
au-dessus de sa tête.

> Très joli travail du commencement du Vᵉ siècle avant J.-C.

80 Statuette grecque archaïque de bronze représentant Athéna en attitude de combat.
Elle est coiffée d'un casque attique à haut cimier et porte sur la tunique finement
plissée, l'égide.

> Superbe travail attique du commencement du Vᵉ siècle.
> Planche X.   Haut. 0ᵐ 26.

81 Statuette de bronze. Manche de patère en forme de figure virile (sacrificateur) soulevant au dessus de sa tête une planchette sur laquelle reposent deux béliers ; il
pose les pieds sur une tête de bélier.

> Travail grec archaïque du commencement du Vᵉ siècle.
>   Haut. 0ᵐ 21.

82 Partie antérieure d'un cheval cabré.

> Très beau bronze grec du commencement du Vᵉ siècle avant J.-C.

83 Statuette archaïque en bronze. Danseuse agitant des crotales. Travail grec du
Vᵉ siècle.

> Haut. 0ᵐ 10.

84 Statuette archaïque en bronze. Athlète coiffé d'un pilos, courant.

> Haut. 0ᵐ 075.

85 Grande ciste étrusco-campanienne. Sur le couvercle, au centre, figure virile debout
tenant une patère de la main droite étendue et levant la main gauche ; au pourtour,
quatre archers sur des chevaux lancés au galop, exécutant une fantasia militaire.
La ciste est finement gravée au trait.

> Pièce remarquable trouvée à Capoue.
> Planche XI.   Haut. 0ᵐ 47.

86 Acrobate.

87 Tête féminine (Niké) coiffée d'un sakkos à forme conique.

> Très belle sculpture grecque du Vᵉ siècle.

88 Silène ivre debout tenant un canthare et un gobelet.

    Très joli bronze hellénistique.

89 Petit flacon en bronze ayant la forme d'un buste d'Éthiopien.

90 Petit vase de très jolie forme orné d'un bas-relief représentant deux quadriges arrivant au galop devant une statue d'Athéna Promachos ; l'un des chars est conduit par la Victoire, l'autre par un jeune athlète.

91 Acteur comique. Il est assis sur un cippe et rejette en arrière la tête au masque grimaçant.

    Spirituelle sculpture alexandrine.   Haut. 0^m 045.

92 Vénus debout à sa toilette. Jolie statuette en bronze. Belle patine verte.

    Grande Grèce.   Haut. 0^m 115.

93 Couvercle de miroir. Tête de femme parée de bijoux, la chevelure dans un sakkos.

    Très beau travail grec du IVe siècle av. J.-C.   Diam. 0^m 16.

94 Buste en bronze représentant Vénus diadémée et drapée.

    Travail grec du IIIe siècle, trouvé en Espagne.
    Socle en marbre rouge antique.
    Planche X.   Haut. 0^m 22.

95 Grande hydrie en bronze, munie d'un couvercle conique et de trois anses en forme de tiges amorties par des palmettes et des feuilles de vigne. Le couvercle et le piédouche sont finement ornés de rangs d'acanthes et d'oves.

    Belle patine verte. Alexandrie, IIIe siècle.
    Planche XIII.   Haut. 0^m 49.

96 Statuette en bronze représentant Cléopâtre avec les attributs d'Isis.

    Remarquable travail alexandrin.
    Planche XII.   Haut. 0^m 30.

97 Situle en bronze à deux anses. Sur le rebord, deux masques de Silène dont un, la bouche en entonnoir, sert de déversoir.

    Très beau travail grec du IIIe siècle.   Haut. 0m 20.

98 Déversoir d'un grand vase en bronze ayant la forme d'une protomé de lion.

    Très beau travail gréco-romain.

99 Muselière et mors de cheval.

    Très beau travail grec. Trouvés à Athènes.

100 Très beau strigile portant la marque du fabricant : >Λ·ΛИ.

101 Autre strigile.

102 Figure d'athlète vainqueur aux jeux isthmiques. Barbu, la tête ceinte d'une couronne
de pommes de pin, il avance vivement vers la gauche, drapé dans son manteau.
> Trouvé en Égypte. Belle patine. Socle en rouge antique.
> Planche XII. Haut. 0ᵐ 22.

103 Miroir corinthien. Le manche à décor ajouré : un sphinx de face, les ailes recroque-
villées au milieu de volutes et de palmettes.
> Haut. 0ᵐ 29.

104 Lutteur syrien. C'est un nain aux formes trapues qui s'avance les poings serrés avec
un geste bouffon.
> Spirituelle sculpture alexandrine. Belle patine. Socle en rouge antique.
> Planche XII. Haut. 0ᵐ 145.

105 Miroir avec son couvercle. Ganymède et Hébé.
> Pièce douteuse.

106 Miroir étrusque. Penthésilée (ꟼEИTAZIꟼA) blessée soutenue par Achille. Bordure
de lierre prenant naissance d'un fleuron.
> Belle patine claire. Ancienne coll. Martinetti.
> Diam. 0ᵐ 16.

107 Miroir étrusque. Achille et Ajax assis, jouant aux dés. Entre eux, Vénus debout.
Bordure de laurier ; près du manche, un monstre marin.
> Belle patine claire. Ancienne coll. Martinetti.
> Diam. 0ᵐ 18.

108 Statuette en bronze représentant Hercule debout.
> Travail étrusque. Socle en rouge antique.
> Haut. 0ᵐ 11.

109 Gaine en bronze ornée à la partie supérieure d'un assemblage de feuilles d'acanthe,
et ayant au milieu une applique représentant un mufle de lion.
> Trouvée à Nîmes.
> Planche XII. Haut. 1ᵐ 63.

110 Statuette de bronze représentant un Lare. Il avance sur la pointe des pieds, la chlamyde gonflée par le vent : de sa main droite avancée il tient une patère, de la
gauche, levée au-dessus de la tête, un rhyton.
> Ravissante sculpture du siècle d'Auguste avec incrustations en argent. Rome.
> Planche XII Haut. 0ᵐ 21.

111 Applique de meuble en bronze représentant un masque de comédie posé sur un fleuron.

> Très beau travail romain du siècle d'Auguste.

112 Support de trépied en bronze terminé en tête de lionne.

> Beau travail romain.

> Haut. 0 m 20.

113 Anse de vase en bronze amortie par une figurine de sirène.

> Travail gréco-romain du siècle d'Auguste. Superbe patine vert clair.

> Long. 0 m 19.

114 Buste de Pallas coiffée d'un casque à cimier en forme de tête de griffon ; l'égide sur a poitrine. (Comparez les images de la déesse Rome sur les deniers républicains du IIIe siècle.)

> Trouvé à Boscoreale, fouilles Matrone. Socle en rouge antique.

> Haut. 0 m 19.

115 Tête de bouquetin.

> Très joli travail hellénistique.

116 Statuette d'enfant marchant vivement, la chlamyde au vent.

> Très joli travail hellénistique.

117 Fragment de la draperie d'une grande statue romaine.

> Haut. 0 m 32.

118 Statuette en bronze représentant une colombe.

> Travail romain du IVe siècle.

119 Lampe en bronze à deux becs, l'anse en forme de tête de dragon surmontée du chrisme et de la colombe eucharistique.

> Travail du sud de l'Italie (Ve siècle de notre ère).
> Planche XII.

120 Couvercle de vase en bronze émaillé. Ornement à lignes d'eau et guirlandes de feuillages divers. C'est un des exemples les plus intéressants de l'émaillerie des Anciens et un chef-d'œuvre de technique.

121 Umbo de bouclier falisque. Décor à bossages et à traits incisés. Au milieu, une roue et au pourtour, une frise où se répète le motif de deux griffons en regard ; sur toute la surface des bossages en forme de têtes de clou.

> Très belle pièce du VIIIe siècle avant J.-C.

122 Grand disque italique à bossages. Deux femmes nues courent en sens inverse, levant les bras (pleureuses ?). De chaque côté de ces figures est placée une tête féminine dont le cou se termine en fleuron. Dans une zone inférieure, on voit un autre sujet séparé du premier par deux têtes de clou : deux lions affrontés. Au pourtour, grènetis de clous rivés sur le bord du disque.

> *Voyez le Musée*, vol. VI, 1909, p. 212.

Diam. 0^m 33.

123 Disque italique. Animal fantastique au galop vers la droite : le corps est celui d'un fauve, la queue se termine en tête d'animal, les pattes semblent des griffes d'oiseau.

> Trouvé à Palestrina.

Diam. 0^m 32.

124 Disque italique. Deux protomés de carnassiers accolées.

Diam. 0^m 25.

125 Casque (aulopis) macédonien du ve siècle de forme très élégante.

> On trouve la même forme sur une monnaie de Bastareus roi de Macédoine.
> *Planche XIV.*

Haut. 0^m 19.

126 Beau casque italique à rebord fortement évasé et calotte ornée de volutes en ronde bosse. Sur les côtés deux boutons saillants.

> Trouvé dans l'Italie du Sud.
> *Planche XIV.*

Haut. 0^m 22.

127 Passoire en bronze; la partie ajourée offre le dessin d'une étoile; sur le manche est ciselée une figurine de danseuse.

> Travail étrusque du commencement du ve siècle.

128 Sceau de forme carrée avec l'inscription : **SEX ANNI APRODISI.**

129 Manche de couteau. Lion dévorant une tête de mulet.

> Beau travail romain.

VASES EN TERRE CUITE

Rhodes — Corinthe — Chalcis — Étrurie — Attique

130 Coupe de forme très élégante à long pied et à deux anses, décorée de chaque côté d'un poulpe.

> Trouvé à Calatos.
> *Planche XXIII.*

Haut. 0^m 169.

131 *Corinthe*. Bombylos. Décor : monstre ailé — protomés de lion et de taureau affrontées (cf. les monnaies lydiennes) — Coq — chouette et sanglier — Deux coqs et un cygne — Oiseau à tête de lionne — Harpye.

> 7 pièces. Haut. 0^m o89-o8o.

132 *Corinthe*, Bombylos. Rosace.

> Trouvé à Thèbes.
> *Planche XVII*. Haut. o^m 15.

133 *Corinthe*. Aryballos. Décor : Pégase — Cinq hoplites à la file — Rosace.

> 3 pièces. Haut. o^m o7 et o^m o6.

134 *Corinthe*. Amphorisques et œnochoé.

> Trois pièces à décors géométriques.

135 *Corinthe*. Amphorisque. Chiens attaquant une lionne. Sur l'épaule du vase 2 3 2 3 2.

> Haut. o^m o7.

136 Vases chalcydiens. *Chytra*. Petite marmite à deux anses. Tableaux en réserve sur vernis noir, figure noire sur fond rouge. *a*) Lion — *b*) lionne.

> *Planche XVII*. Haut. o^m 125.

137 Vases chalcydiens. Amphore. Anses arrondies. Figures noires sur fond rouge. *a*) Lion et cerf paissant ; *b*) cerf paissant entre deux lions.

> Piédouche restauré.
> *Planche XVII*. Haut. o^m 51.

138 Petite amphore archaïque (étrusque). *a*) Guerriers en embuscade entre deux yeux prophylactiques. *b*) Danseuse entre deux yeux prophylactiques : sous les anses, des sirènes.

139 Amphore campano-étrusque. Sur la panse, des Silènes qui dansent ; sur l'épaule du vase, un vol d'oiseau ; sur le col, un centaure lapidant Cénée.

140 Étrurie. Coupe à grand pied conique. — Œnochoé à panse striée.

> Bucchero.
> 2 pièces. Haut. o^m 165.

141 ATTIQUE ET BÉOTIE. Œnochoé à décor géométrique. Style du Dipylon.

> *Planche XVIII*. Haut. o^m 21.

142 Plemochoé à décor géométrique.

> Haut. o^m 15.

143 Lécythe. Combat d'Héraklès et d'une amazone ; de chaque côté, deux personnages. Sur l'épaule du vase, palmette entre deux lions. Figures noires rehaussées de rouge et de blanc sur fond orangé.

Planche XVII.   Haut. 0 m 32.

144 Coupe des Kleinmeister. Sphinx et inscription.

Trouvée à Capoue.
Planche XVII.   Diam. 0 m 21.

145 Petite coupe des Kleinmeister. Au pourtour, palmettes.

Diam. 0 m 14.

146 Grande coupe archaïque. Guerrier en embuscade. Inscription : **HO ΓAIS KAΛOS.** Fond rouge sur fond noir.

Très beau dessin du commencement du ve siècle.
Planche XXI.   Diam. 0 m 31.

147 Coupe attique à figures noires sur fond rouge. Dionysos assis entre deux grands yeux prophylactiques. Au centre, guerrier en embuscade et inscription.

148 Petite amphore à tableaux. *a*) Athéna assise à droite tenant le casque de la main gauche ; devant elle, un autel et un taureau paré pour le sacrifice ; au second plan, un temple. *b*) Même sujet ; la figure assise ne tient pas le casque. Figures noires rehaussées de blanc et rouge sur fond rouge.

Haut. 0 m 22.

149 Grande amphore à deux tableaux avec son couvercle. *a*) Thésée et le Minotaure. *b*) Quadrige de face (Comparez des monnaies de Macédoine, les sculptures de Delphes, les métopes de Sélinonte). Figures noires rehaussées de blanc et rouge sur fond rouge (époque des Pisistratides).

Superbe pièce d'un dessin remarquable.
Planche XVIII.   Haut. 0 m 41.

150 Grande amphore. De chaque côté, Triptolème et les deux déesses. Sous le piédouche, ΗVSᛦ. Figures noires rehaussées de blanc sur fond orangé.

Superbe dessin.
Planche XVIII.   Haut. 0 m 47.

151 Amphore. *a*) Énée portant Anchise ; il est précédé par Ascagne et suivi par un chien et un guerrier.

Planche XVIII.   Haut. 0 m 40.

152 Coupe à emblèmes prophylactiques. Au centre, Gorgonéion. Au revers, Dionysos
assis entre deux grands yeux prophylactiques ; près des anses, deux ménades
dansant et un dauphin.

Figures noires rehaussées de blanc et rouge sur fond rouge.

Planche XXI.   Diam. 0ᵐ 30.

153 Lécythe. Athéniennes à la fontaine de Kallhiroé. Très beau dessin attribué à Nicos-
thènes.

A ce vase est joint un fragment de coupe portant la signature **(NIKOSΘENES)**.

Haut. 0ᵐ 25.

154 Lécythe. Femme sur une biche, précédée et suivie par deux autres femmes.

155 Hydrie à petit tableau sur l'épaule du vase. Scènes de la palestre : près d'une
colonne, un athlète, les deux pieds joints, les bras avancés, s'apprête à sauter ;
un autre s'exerce aux haltères sous la direction d'un pédotribe, un troisième se
prépare pour la course armée ; il est coiffé d'un casque, tient de la main droite
une cnémide et au bras gauche un bouclier rond sur lequel est représenté un
hoplitodrome. Au pourtour, inscriptions. Figures rouges sur fond noir.

Sous le piédouche marque de marchand ⍏ et les lettres osques **A〉**.

Superbe pièce, très rare.

Planche XXI.   Haut. 0ᵐ 31.

156 Kélébé à tableaux. *a*) Ajax portant sur ses épaules le cadavre d'Achille, précédé et
suivi d'hoplites. *b*) Départ de guerriers (épysèmes des boucliers : une jambe
pliée ; trois boules, deux serpents, tête de lionne, etc.).

Sur le rebord de l'orifice, palmettes et boutons de lotus. Figures noires rehaussées de blanc et rouge sur fond rouge.

Superbe pièce d'un très beau dessin archaïque et d'une conservation exceptionnelle. Fouilles de
Cumes.

Planche XIX.   Haut. 0ᵐ 31.

157 Olpé à tableau. Dionysos debout à droite entre deux ménades sans bras, une
d'elles approche les lèvres d'un céras que tient le dieu.

Anc. coll. Barone.

Planche XVII.   Haut. 0ᵐ 21.

158 Kélébé à tableaux. *a*) Combat de Ares et d'un géant. Le géant, blessé, est tombé
à genoux ; Ares, le bouclier levé (épisème : tête de Silène de profil et inscr.
A
T), s'apprête à lui donner le coup fatal. Au pourtour, inscriptions fictives. *b*) Thé-

sée et le taureau de Marathon. Inscriptions fictives. Sur le rebord, palmettes, frise d'animaux et feuilles de lierre.

> Superbe pièce attribuée à Euphronios. Trouvée à Cumes.
> *Planche XIX.*   Haut. 0^m 32.

159 Lécythe. Zeus s'avance vivement vers la droite brandissant le foudre de la gauche et tenant de la main droite le sceptre.

> Trouvé à Terranova (anc. Géla).
> *Planche XX.*   Haut. 0^m 38.

160 Lécythe. Niké libant.

> Très beau dessin du commencement du ve siècle.
> *Planche XX.*   Haut. 0^m 38.

161 Lécythe. Niké volant, presque de face, la tête tournée à droite ; tenant de la main droite une œnochoé ; à gauche un brûle-parfums.

> Beau dessin du commencement du ve siècle. Trouvé à Terranova.
> *Planche XX.*   Haut. 0^m 38.

162 Petit Lécythe. Niké libant sur un autel. Sur l'épaule du vase, palmettes. Inscriptions fictives.

> Sicile.
>   Haut. 0^m 24.

163 Grand Lécythe. Jeune fille libant à un guerrier (épisème du bouclier, un serpent). Inscriptions **AP X OVEOM**. Palmettes sur l'épaule du vase.

> Terranova.
> *Planche XX.*   Haut. 0^m 45.

164 Skyphos attique du ve siècle. D'un côté un berger courant vers la droite et retournant la tête ; de l'autre, un bélier courant à droite.

> Très belle pièce trouvée à Athènes.
>   Haut. 0^m 15. — Diam. 0^m 18.

165 Lécythe. Jeune femme soulevant le couvercle d'un coffre; à la paroi du gynécée est suspendu un petit alabastre à parfums. Palmettes sur le col.

> Beau dessin du ve siècle. Terranova.
> *Planche XX.*   Haut. 0^m 37.

166 Lécythe. Jeune fille offrant à une femme un miroir et un alabastron.

167 Lécythe. Jeune femme, de face, la tête à gauche, portant des offrandes. Palmettes sur le col du vase.

> Terranova.
> *Planche XXII.*   Haut. 0^m 33.

168 Lécythe. Scènes de gynécée. Jeune femme debout à droite, déposant dans un coffre un objet soigneusement enveloppé ; à l'arrière-plan, un siège, un miroir et une couronne. Palmettes sur le col.

Beau dessin du V° siècle.

Planche XX.

Haut. 0^m 31.

169 Amphore. *a*) Guerrier appuyé sur sa lance, gesticulant ; devant lui, son bouclier (épisème, Gorgonéion). *b*) Hoplite jouant de la trompette. Sous le piédouche, marque de marchand.

Représentation unique.

Beau dessin du commencement du V° siècle. Anc. coll. Sarti.

Planche XX.

Haut. 0^m 38.

170 Amphore ; anses à cordelette. *a*) Guerrier (épisème du bouclier, un lion) et vieillard en regard conversant. *b*) Homme drapé, à gauche, appuyé à son bâton.

Superbe dessin du V° siècle. Anc. coll. Sarti.

Planche XX.

Haut. 0^m 38.

171 Amphore. *a*) Œdipe et le Sphinx. *b*) Figure drapée.

Superbe pièce : sujet très rare.

Planche XX

Haut. 0^m 33.

172 Karkesion. Scènes de congé.

Très joli dessin du V° siècle (quelques restaurations).

Planche XXIII.

Haut. 0^m 163.

173 Grande coupe. Au centre Héraklès armé d'un glaive et de la massue, poursuivant le sanglier dans un paysage montagneux.

R'. Scènes de la palestre.

Planche XXII.

Diam. 0^m 333.

174 Hydrie. Héraklès s'apprêtant à couper la tête à deux serpents qui se dressent sur un autel au milieu duquel on voit une tête d'enfant ; à droite, Athéna et une femme qui prend la fuite. Sur le col, feuilles de lierre.

Publié dans *le Musée*, 1907, et dans *Ausonia*, 1907.

Planche XXI.

Haut. 0^m 373.

175 Peliké attique à figure rouge sur fond noir. D'un côté : une Victoire apportant un manteau à un athlète debout à droite devant une stèle et tenant un strigile de la main gauche ; de l'autre côté, une femme drapée tenant un panier (kalathos) devant un autel.

Haut. 0^m 19.

176 Lécythe. Sur l'épaule du vase et au milieu de la panse, une frise de palmettes.

Haut. 0ᵐ 36.

177 Coupe. Au centre, Silène accroupi jouant aux boules.

Diam. 0ᵐ 16.

178 Lécythe attique à figure rouge sur fond noir. Borée courant vers la droite.

ᵉ siècle avant J.-C.

Haut. 0ᵐ 21.

179 Kélébé à tableaux. *a*) Scènes de la palestre. Un athlète s'apprête à lancer le disque ; devant lui, un joueur de double flûte ; à gauche, un deuxième athlète ; à droite, un pédotribe. *b*) Trois figures drapées.

Planche XIX.   Haut. 0ᵐ 41. — Diam. 0ᵐ 35.

180 Coupe. Au centre. Pédotribe debout ; à côté de lui un siège. R⃦. Éphèbes et pédotribes conversant.

Planche XXI.   Diam. 0ᵐ 23.

181 Lekané Sur le couvercle, scène nuptiale. Inscr.

Anc. coll. Bourguignon. Trouvé à Vico Equense.

Diam. 0ᵐ 20.

182 Coupe. Au centre, éphèbe drapé et lauré. Revers : Scènes de gynécée.

Anc. coll. Castellani.
Planche XXI.   Diam. 0ᵐ 225.

183 Petit Lécythe. Enfant jouant avec une balle.

184 Askos à vernis noir ; au centre, une amphore vinaire en rouge sur le fond noir.

Athènes vᵉ siècle (trouvé à Terranova, en Sicile).
Planche XXIV.

185 Amphore. Scènes ayant trait au commerce des poteries. *a*) Un personnage drapé s'avance vers un ouvrier qui porte une amphore et semble lui demander le prix. *b*) Un ouvrier tient de la main droite une amphore, tandis qu'un client, la bourse à la main, discute le prix.

Trouvée en Grèce.
Voyez le Musée. — Planche XXIV.   Haut. 0ᵐ 46.

VASES ATTIQUES A FOND BLANC

186 Œnochoé à tableau. Dionysos debout à droite tenant un canthare entre deux
Silènes qui dansent.

> Très beau dessin archaïque. Sous le piédouche. ▲IB. Anc. coll. Hartmann.
> 1899.
>
> Haut. 0ᵐ 22.

187 Lécythe archaïque. Course de chars. Deux quadriges arrêtés à droite, prêts au
départ. Figure noire sur fond blanc. Palmettes sur le col.

> *Planche XVII.* Haut. 0ᵐ 31.

188 Lécythe attique dans le style de Sotades. Figures noires sur fond crème. Deux
jeunes filles dansent autour d'un joueur de flûte; à droite, on voit un jeune
éphèbe qui offre une fleur; à gauche, un autre éphèbe qui applaudit. C'est un
véritable chef-d'œuvre de la céramique antique.

> Trouvé en Grèce.
> *Planche XVI.* Haut. 0ᵐ 19.

189 Lécythes. Palmettes.

> 2 pièces. Haut. 0ᵐ 19 et 0ᵐ 15.

190 Grand lécythe. Jeune femme et homme drapé apportant des offrandes à une stèle
près de laquelle est assis un éphèbe en habit de chasseur (image du mort).
Peinture à l'engobe sur fond blanc.

> Anc. coll. Bourguignon.
> *Planche XX.* Haut. 0ᵐ 485.

191 Lécythe à figures noires sur fond blanc. Œdipe et le Sphinx.

> Trouvé en Sicile.
> Haut. 0ᵐ 19.

VASES A RELIEFS POLYCHROMÉS

192 Pyxis à reliefs polychromés et dorures. Sur le couvercle, La toilette d'Hélène. Des
femmes apportant des vêtements et des bijoux et des Amours tenant des mi-

roirs et des tuniques s'empressent autour d'Hélène assise entre deux oiseaux familiers.

> Athènes, IVe siècle.
> *Planche XXIV.* Diam. o^m 165.

193 Lécythe à reliefs polychromés et dorures. Jeune femme et Eros parant une statue de déesse. Figures rouges sur fond noir; rehauts blancs, bleus, violacés, verts et dorures.

> Ravissante pièce d'une conservation exceptionnelle.
> *Planche XXIII.* Haut. o^m 132.

194 *Chous* à reliefs polychromés. Deux enfants reposant sur des klinés, tenant des branches de laurier et jouant à la *morra* avec Eros. Figures rouges sur fond noir; rehauts blancs, bleus et roses.

> Athènes. Commencement du IVe siècle. Charmante pièce dans toute sa fraîcheur.
> *Planche XXIII.* Haut. o^m 12.

VASES ITALIOTES

195 Grande amphore à vernis noir, de forme très élégante, avec son couvercle. Sur l'épaule du vase, une couronne de laurier en relief dorée simule un collier d'or qui serait posé sur le vase.

> Superbe pièce. Une des plus belles connues de ce genre de poterie.
> Trouvée à Tarente.
> *Planche XXIV.* Haut. o^m 64.

196 Grand vase campanien. Style flamboyant du IVe siècle. Anses à volutes et mascarons.
> *Planche XXIV.*

197 Grande amphore campanienne. Anses à volutes et mascarons. Sujet : un jouvenceau et une jeune fille portant des offrandes à une chapelle funéraire, sous laquelle est représenté un poète assis tenant une lyre.

> Très belle pièce trouvée à Ruvo.

198 Grande amphore campanienne (peliké). Victoire conduisant un bige de daims ; plus bas des jeunes filles et des éphèbes conversant.

> Haut. o^m 64.

199 Hydrie campanienne. Jeune femme assise devant un thymatherion ; un Satyre
danse auprès d'elle agitant un thyrse au-dessus de sa tête et une jeune femme,
debout devant elle, lui adresse la parole.

Planche XXIV.   Haut. 0^m 31.

200 Grand vase en forme de pichet. Sur la panse, deux satyres et une ménade, entre eux,
un cygne perché sur un rocher ; sur le col du vase, un satyre. Palmette et décors
divers.

Planche XXIV.   Haut. 0^m 41.

201 Aiguière en forme de pyxis. Hermès et les trois déesses. Sur le tour de la boîte :
femme assise tenant un plateau et un éventail.

Apulie. Anc. coll. Rémusat. 1900.
Planche XXIV.   Haut. 0^m 30.

202 Plat à poisson. Raie et perches.

Cumes.
                                                      Diam. 0^m 165.

203 Plat. Tête féminine coiffée du kékryphale.

Cumes.
                                                      Diam. 0^m 22.

204 Hydrie campanienne à vernis noir. Sur le col, une guirlande de laurier en relief et
dorée. Sur le rebord de l'orifice, ondes.

Capoue.
Planche XXIV.   Haut. 0^m 29.

205 Petit lécythe campanien à figures noires rehaussées de blanc sur fond jaune. Pseudo-
archaïque.
                                                      Haut. 0^m 13.

206 Petit canthare. Anses à volutes. De chaque côté, une tête féminine coiffée du
kékryphale.
                                                      Haut. 0^m 135.

207 Péliké. *a*) Victoire penchée au-dessus d'une vasque. *b*) La toilette de Vénus.
Poterie campanienne.

208 Cratère campanien. Génie androgyne assis. R∠. Jeune fille apportant des offrandes.

209 Grand cratère campanien. Double anse à colonnettes. Sur la panse, deux grandes
têtes féminines ; sur le col, guirlande de lierre.
                                                      Haut. 0^m 30

210 Amphore campanienne du IVe siècle. Éphèbe et jeune fille apportant des objets de toilette. ℞. Deux éphèbes conversant.

211 Deux jolis petits canthares de fabrique campanienne.

212 Petit vase de style géométrique tardif. Anses surélevées à rouelles.
Très jolie forme.

Haut. 0 m 23.

213 Œnochoé attique à orifice trilobé. Figures rouges sur fond noir. Un Silène debout tenant le thyrse de la main droite et étendant la gauche au-dessus d'un *céras* qui repose à ses pieds.
Superbe pièce.

Haut. 0m 145.

VASES A RELIEFS

214 Corinthe. Petit vase en forme de singe accroupi.
Planche XXIII.

Haut. 0 m 095.

215 Petit vase en forme de buste féminin. Superbe travail archaïque. ·
Rhodes .
Planche XXIII.

Haut. 0 m 08.

216 Aryballos en forme de tête d'homme qui rit.
Remarquable travail du commencement du Ve siècle. Trouvé à Tarente.
Planche XVII.

Haut. 0 m 085.

217 Jolie œnochoé en forme de tête féminine couronnée de lierre.
Athènes, Ve siècle.
Planche XXIII.

Haut. 0 m 15.

218 Autre œnochoé en forme de tête féminine.
IVe siècle.

Haut. 0m 22.

219 Flacon en forme d'amande.
Athènes, Ve siècle.
Planche XXIII.

Haut. 0 m 10.

220 Rhyton en forme de tête de cheval. Sur le col, génie androgyne assis et palmettes.
Pièce remarquable, d'un modelé exquis.
Planche XXIII.

221 Rhyton en forme de tête de taureau. Sur le col, génie androgyne assis et palmettes.
Planche XXIII.

222 Rhyton en forme de tête de faon. Sur le col, une tête féminine.
Travail campanien.

223 Guttus en forme de pied. Poterie de Cales.

224 Petite gourde de forme lenticulaire à vernis noir. Décor incisé : rosace.

225 Petite coupe (skyphos) à glaçure verte et jaune. Sur le tour, semis de rosaces en relief.
Boscoreale.
Planche XXIII.

226 Petite coupe à décor en relief : bucranes, masques scéniques, coquillages et ceps de vigne. Modèle d'argenterie.

227 Guttus orné d'une tête de Silène. Poterie campanienne à vernis noir.

228 Grand sarcophage en terre cuite. Le couvercle est orné d'une grande statue féminine drapée et voilée.
Ce monument insigne appartient au IVe siècle avant J.-C., et a été trouvé en Sicile avec des poteries peintes de style campanien.
Planche XI.

STATUETTES EN TERRE CUITE

229 Xoanon.
Béotie.   Haut. 0 m 188.

230 Divinité assise et voilée.
Statuette attique du VIe siècle.
Haut. 0 m 11.

231 Tête féminine de style archaïque.
Haut. 0 m 10.

232 Petit buste féminin en terre cuite.
Locres.

233 Lot de têtes féminines et viriles.
9 pièces.

234 Éros dans une attitude suppliante.

Haut. 0^m035.

235 Jeune béotienne, debout, drapée dans son manteau.

Thèbes. IIIe siècle.
Planche XXIII.

Haut. 0^m15.

236 Femme debout. Statuette attique du VIe siècle.

Haut. 0^m10.

237 Statuette de Tanagre. Femme drapée. Traces de coloration.

Anc. coll. Lécuyer.
Planche XXIII.

Haut. 0^m19.

238 Jeune tanagréenne enveloppée dans son manteau et coiffée d'un chapeau conique à larges bords. Elle tient d'une main un fruit et de l'autre une guirlande de fleurs.

Haut. 0^m19.

239 Cordonnier chaussant une femme. Terre cuite étrusque.

240 Acteur comique.

241 Enfant sur un porc.

242 Tête de Méduse.

243 Jeune fille courant vers la droite et jouant avec un chien qui saisit dans ses crocs un pan de son himation.

Anc. coll. Lécuyer.
Planche XXIII.

Haut. 0^m13.

244 Buste de Sérapis en terre cuite.

245 Statuette de Tanagre. Femme drapée assise. Traces de coloration.

246 Statuette de Tanagre. Berger assis jouant de la syrinx ; à ses pieds, un chien.

Haut. 0^m18.

247 Cinq fresques de Boscoreale représentant des griffons, une rivière avec des canards et des poissons.

ORFÉVRERIE ET ARGENTERIE

248 Groupe en argent. Deux divinités phéniciennes debout, coiffées d'un casque conique.
>   Travail primitif. Coll. Tyskiewictz.

249 Grande rondelle en or ornée d'une étoile et de *nœuds d'amour*, et deux grandes fibules en or.
>   Trouvés à Ruvo.

250 Paire de boucles d'oreilles estampées, représentant deux Victoires volant.

251 Boucle d'oreille en or émaillé représentant une colombe suspendue à un fleuron.

252 Paire de boucles d'oreilles archaïques en or ciselé. Tête féminine entée sur une tête de négresse.

253 Paire de boucles d'oreilles grecques du ve siècle. Têtes de bouquetins.

254 Paire de boucles d'oreilles en or ornées de grenats. Très joli travail ajouré. Tarente.
>   ive siècle.

255 Boucle d'oreille en or ciselé. Amour tenant un papillon pressé sur sa poitrine (Amour et Psyché).
>   Athènes.

256 Deux bagues en or en forme de ruban enlacé.

257 Paire de boucles d'oreilles ornées de grenats et de perles.
>   Syrie.

258 Boucle d'oreille en or ornée de perles.
>   Moyen âge.

259 Paire de boucles d'oreilles mérovingiennes.

260 Boucles d'oreille grecques ornées de têtes féminines.
>   ive siècle avant J.-C.
>
>   Haut. 0^m 03.

261 Petit gobelet en argent orné d'emblèmes divers : un Faune qui danse tenant de la
main gauche une coupe vide et suivi par une lionne ; un masque féminin, une
chèvre qui broute les feuilles d'un figuier ; une ciste d'où s'échappe un serpent ;
un masque de Pan ; une ménade qui danse ; d'autres masques ; un bélier auprès
d'un arbre ; une paire de cymbales ; une corne à boire.

> Trouvé en Espagne.
>
> Haut. 0^m 07.

262 Plats en argent, l'un orné d'une roue et de cercles concentriques, l'autre, d'une
croix niellée et cercles concentriques. Sous le piédouche, des poinçons byzantins.

> Trouvés à Valdonne (Bouches-du-Rhône).
>
> Diam. 0^m 17.

263 Petit vase en argent avec ornements repoussés : deux zones d'animaux.

> Travail italiote du ve siècle. Trouvé dans le sud de l'Italie.
>
> Haut. 0^m 10.

264 Bague en or formée d'un serpent qui mord sa queue et entoure un camée en améthyste : deux mains jointes.

> xve siècle.

265 Bague en argent trouvée à Cumes. Chaton gravé : Pallas debout.

> Travail grec archaïque.

266 Bague en or. Superbe intaille sur sardoine orientale : Guerrier immolant un pri-
sonnier. Monture moderne.

267 Bague en or. Scarabée étrusque : Philosophe assis. Monture moderne.

268 Bague d'enfant en or trouvée à Boscoreale. Sur le chaton, cornaline gravée : un taureau.

269 Bague d'enfant en or. Sur le chaton, un camée en onyx : tête d'enfant.

> Travail grec.

270 Bague chinoise en or.

> xvie siècle.

271 Bague en or. Cornaline gravée : Pallas assise à droite tenant un foudre. Inscription
GALLVS.

> Travail latin du i^{er} siècle avant J.-C.

272 Bague en or. Très joli fragment de camée hellénistique représentant Omphale.
Monture moderne.

273 Bague en or. Chaton gravé : un lion courant à gauche.

274 Bague en argent et scarabée en onyx.
   Trouvée à Cumes.

275 Bague en argent avec incrustations en or. Sur le chaton : Éros tenant une couronne.

276 Bague en bronze doré à chaton gravé : Uranie debout.

277 Bague en or de basse époque romaine. Chaton surélevé.

278 Bague ionienne en or du vi⁰ siècle forme égyptienne. Chaton gravé : monstre marin à buste humain.

279 Bague en or. Sur le chaton, nicolo gravé : Éphèbe debout et enfant.

280 Bague en or. Cornaline gravée : Tête de Silène et inscription **CT MSXCI**.
   Monture moderne. Superbe intaille.

281 Bague en or émaillé, du XVIᵉ siècle avec jaspe sanguin de basse époque romaine gravé sur les deux faces : *a*) Guerrier devant Jupiter et le nom de l'Éon ΙΑѠ. *b*) Croissant et étoiles.

282 Bague en or (monture moderne) avec prime d'émeraude gravé : Vulcain sculptant les armes d'Achille.

283 Bague en or (monture moderne). Masques de Ménade et Silène.
   Superbe intaille sur améthyste.
   Planche XXV.

284 Bague en or. Chaton gravé : une Ménade dansant.
   Travail hellénistique.

285 Bague en or ornée de trois camées : trois têtes d'enfant.
   XVIᵉ siècle.

286 Bague d'enfant en or. Émeraude gravée : La mort d'Ajax.
   Superbe intaille antique. Monture moderne.

287 Bague grecque en or. Héraclès assis.
   Comparez les monnaies de Crotone.

288 Bague en or du XVIᵉ siècle, motif oriental. Sur le chaton une agate en cabochon.

289 Bague juive en or en forme de tiare, ornée de pâtes de verre.

PIERRES GRAVÉES ET CAMÉES

290 Pierre mycénienne lenticulaire en agate blanche. Le Minotaure.
   Anc. coll. Evans.
   Planche XXV.

291 Agate mycénienne Bélier passant à dr. devant un édifice.
   Anc. coll. Evans.
   Planche XXV.

292 Agate mycénienne. Lion assis à dr. devant un palmier.
   Anc. coll. Evans.
   Planche XXV.

293 Agate mycénienne. Taureau blessé; dans le champ, un poulpe.
   Anc. coll. Evans.

294 Cône phénicien en calcédoine. Sauterelle.

295 Scarabée étrusque. Guerrier blessé.
   Anc. coll. Bourguignon.

296 Scarabée grec en cornaline. Lion attaquant un sanglier. Superbe intaille du com-
   mencement du Ve siècle.
   Trouvé dans le sud de l'Italie.
   Planche XXV.

297 Scarabée étrusque en cornaline. Deux protomés d'hippocampe accouplées.

298 Grand scarabée grec en cornaline. Sphinx enlevant un homme.
   Superbe intaille du commencement du Ve siècle. Anc. coll. Evans.
   Planche XXV.

299 Intaille étrusque sur agate. Guerrier déposant à terre sa cuirasse et son casque.
   Planche XXV.

300 Scaraboïde en agate brûlée. Femme assise jonglant avec des balles.
   Superbe intaille grecque du Ve siècle. Trouvée à Athènes.
   Planche XXV.

301 Camée grec en agate à deux couches de l'époque d'Auguste. Sphinx.

> On sait qu'Auguste portait sur sa bague sigillaire un sphinx.
> *Planche XXV.*

302 Topaze oriental. Achille jouant de la lyre. Signé **ΟΛΥΜΠΙΟΥ**.

> Trouvé à Naples.
> *Planche XXV.*

303 Sardoine orientale. Buste de Ménade; derrière, la signature **ΑΥΛΟΥ**.

> Anc. coll. Ludovisi. Cette pierre a été publiée par Furtwaengler dans ses *Gemme antiki.*
> *Planche XXV.*

304 Jaspe rouge. Ajax emportant le cadavre d'Achille.

> Superbe intaille de travail romain.
> *Planche XXV.*

305 Camée en agate à deux couches. Buste d'un personnage du siècle d'Auguste. Signé **ΦΙΛΙΣ**.

> Monture antique en or. Le camée a été monté sur une lamelle de verre pour le consolider.
> *Planche XXV.*

306 Intaille sur sardoine orientale. Faune dansant et jouant de la double flûte.

307 Intaille sur onyx. Deux guerriers en embuscade (Ulysse et Diomède surprenant Dolon).

> Très beau travail romain.
> *Planche XXV.*

308 Intaille étrusque sur cornaline. Buste de sacrificateur tenant une hache à double tranchant sur son épaule.

309 Intaille hellénistique sur cornaline. Tête de Dionysos.

310 Intaille romaine sur cornaline. Guerrier sur un cheval qui se cabre.

> Comparez les deniers d'or de Domitien. Trouvée à Rome.
> *Planche XXV.*

310*bis* Fragment d'une grande intaille sur cornaline. Satyre ivre dansant.

311 Camée en onyx à deux couches. Buste d'Antonia.

312 Intaille sur jaspe noir. *a)* Tête de Méduse surmontée d'une étoile. *b)* **ΘΑΜΑΡΑΖΑ ΑΡΚΕΙΦΗΡΦ**.

313 Intaille sur hyacinthe. Tête de Pallas coiffée d'un casque orné d'un monstre Scylla.

314 Intaille sur agate rubanée. Une vache paissant. Boscoréale.
Planche XXV.

315 Intaille sur cornaline. Sérapis assis tenant une palme et un enfant sur ses genoux. Inscr. **EYTYKI.**
Trouvée à Naples.

316 Intaille sur cornaline. Jupiter assis. Inscr. **DEV TER.**

317 Intaille sur onyx. Buste de Mercure.

318 Intaille sur cornaline. Amour dans un quadrige.

319 Intaille étrusque sur agate. Tête virile de style archaïque.

320 Intaille sur cornaline. Tête de Constantin II.

321 Fragment de camée. Centaure portant une corbeille sur son épaule.

322 Intaille sur Cornaline. Prix des jeux.

324 Intaille sur cornaline. La leçon de musique.

325 Intaille sur jaspe vert. Vénus anadyomène. Inscr. **✠333✠3AIN.** ℞. Crabe et **3IA.**
Trouvée à Naples.

326 Intaille sur hématite. Le génie Iaô. ℞. le dragon.

327 Intaille sur jaspe noir. Aurige victorieux.

328 Intaille sur agate. Le triomphe d'Amphitrite.
Planche XXV.

329 Grand camée en agate à deux couches. Portrait de Constantin entouré d'une guirlande de lierre. Monture moderne en or.
Anc. coll. Guilhou.
Planche XXV.

330 Camée en calcédoine représentant une tête d'enfant. Ornement de cuirasse.

331 Collier en or et perles de verre : au centre du collier est suspendu un joli camée sur agate représentant une femme assise devant un terme et tenant un vase entre ses bras.
Travail hellénistique.
Planche XXV.

VASES EN PIERRE DURE ET EN ALBATRE

332 Petit vase à couvercle en pierre noire. Décor incisé sur la panse du vase, deux lignes d'eau et zigzags ; sur le couvercle, une rosace.

> Fouilles Amélineau à Abydos.
>
> Haut. 0 m 045

333 Vase de forme très élégante.

> (Comparez la potiche chinoise).
>
> Haut. 0 m 19.

334 Tête de taureau en basalte vert.

> Très belle pièce de travail alexandrin.

335 Amphorisque en onyx de forme très élégante et de très belle matière.

> Rome.
>
> Haut. 0 m 09.

336 Flacon en cristal de roche finement évidé et travaillé. Fracturé.

> Anc. coll. Bourguignon.

337 Lion couché, en hématite.

> Très jolies pièces finement sculptées.

IVOIRES

338 Pyxide grecque en ivoire ornée de trois zones ; sur la première, on voit deux lions s'apprêtant à dévorer un taureau tandis qu'un cerf prend la fuite ; sur la seconde, des personnages montant sur des chars ; sur la troisième, des femmes qui dansent en se donnant la main ou des hommes et des femmes tenant par la patte ou par la queue des sphinx. Sur le couvercle, un sphinx en ronde bosse.

> Travail ionien du VIe siècle. Trouvé à Palestrina. Anc. coll. Martinetti.
>
> Planche XXVI.
>
> Haut. 0 m 19.

339 Tête de chien en ivoire.

> Remarquable travail grec d'une finesse extraordinaire.

340 Couvercle de pixis en ivoire. Tête de faune à gauche.
> Très beau travail hellénistique.
> *Planche XXVII.*

341 Plaque de coffret en os avec bas-relief représentant un Silène tenant une torche.
> Très beau travail hellénistique.
> *Planche XXVII.*

342 Figurine en ivoire en ronde bosse représentant un enfant courant ; il tient de la main droite une baguette et sous le bras gauche, une oie. Socle en bronze.
> Très beau travail alexandrin. Égypte.
> *Planche XXVII.*   Haut. 0m09.

343 Fragment de gobelet en ivoire. Buste de Scylla.
> Travail hellénistique du siècle d'Auguste.

344 Masque comique.
> Travail hellénistique d'un grand caractère.
> *Planche XXVII.*

345 Plaque en os avec bas-relief imitant une colonne avec son chapiteau, ornée d'un petit amour, d'oiseaux et de rinceaux.
> Alexandrie.

346 Plaque de coffret en os avec bas-relief représentant une Victoire dansant et tenant une corbeille de fruits soulevée au-dessus de sa tête.
> *Planche XXVII.*

347 Grande plaque en ivoire à haut-relief représentant un poète lauré assis devant un petit monument funéraire, lisant un manuscrit ; à côté de lui la Renommée debout tenant une guirlande ; sur le cippe, qui sert de siège au poète, on lit le nom de la ville, **ΑΝΔΡΟΠΟΛΕΙΠΗC**.
> Travail alexandrin. Trouvé à Rome. Anc. coll. Guilhou. Publiée par M. Babelon dans les Monuments Piot.
> *Planche XXVI.*

348 Plaque en os avec bas-relief représentant une Néréide et un monstre marin.
> Travail romain du IVe siècle.

349 Buste de Dionysos indien. Ivoire romain.

350 Figurine en ronde bosse. Pan appuyé à un arbre, tenant une amphore à vin.
> Travail romain d'une grande finesse.

351 Plaque en os avec bas-relief représentant l'Aurore.
> Travail romain du IVe siècle. Superbe pièce.

352 Applique de meuble en os. Tête de cheval.

    Beau travail romain.

353 Fragment de pyxide romaine. Amour portant une corbeille remplie de fruits.

    Alexandrie.

354 Figurine en ronde bosse en ivoire représentant un personnage âgé dans un costume de voyage, le capuchon rabattu sur la tête. Époque des Flaviens. Rome.

355 Deux plaques en os avec bas-reliefs représentant un guerrier debout et Minerve. Traces de peinture.

    Superbe travail étrusque du IVᵉ siècle. Ces plaques proviennent de la coll. Barberini et ont été trouvées à Preneste.
    Planche XXVII.

356 Petit terme en os.

    Travail romain du IVᵉ siècle.

357 Petite statuette en ronde bosse en ivoire. Femme drapée debout (une Muse ?).

    Travail italien du IIIᵉ siècle.

358 Figurine en ronde bosse en ivoire représentant une femme diadémée et drapée.

    Très beau travail du Vᵉ siècle.
    Planche XXVII.

359 Deux plaques en os avec bas-reliefs représentant Adonis et Vénus.

    Travail italien du Vᵉ siècle de notre ère. Le même sujet se trouve sur le célèbre plat de Gélamir, à la Bibliothèque nationale.
    Planche XXVII.

360 Figurine en ambre représentant un laboureur chargeant sur l'épaule un panier.

    Travail romain du IVᵉ siècle de notre ère. Pièce très rare.

OBJETS DU MOYEN AGE

361 Lion en arrêt.

    Sculpture lombarde du XIᵉ siècle.
                         Haut. 0ᵐ 23 : Long. 0ᵐ 13

362 Deux grands socles en marbre. Sur le devant sont enchâssés deux bas-reliefs, du XIIᵉ siècle, provenant de Vico Equense. L'un représente un taureau et une lionne en regard ; l'autre des rosaces avec des lions héraldiques.

    Planches VIII et IX.   Larg. 0ᵐ 51 : Long. 1ᵐ 88 : Haut. 0ᵐ 92.

363 Chapiteau en pierre. Travail français du XIIe siècle. L'adoration des Mages.

364 Rondelle en marbre provenant des travaux du Risanamento à Naples. Lion héral-
dique.

> XVe siècle.

> Diam. 0^m 30.

365 Manche de couteau en ivoire. Guerrier debout.

> Travail français du XIVe siècle.

366 Verre chrétien gravé représentant la Résurrection de Lazare.

> Intéressante composition à six figures. Style du nord de l'Afrique. Trouvé à Boulogne-sur-Mer.

> Haut. 0^m 12.

Support en argent de style ancien, par Boucheron, portant l'inscription : Trouvé
à Boulogne-sur-Mer, ville Haute en 1888.

367 Flacon en verre couleur ambre, à long col. La panse est couverte de fines canne-
lures.

> XIVe siècle.

> Haut. 0^m 24.

COLONNES ET VITRINES

368 Colonne en pierre dure (onyx cachemir).

> Haut. 1^m 19.

369 Colonne en marbre rosé des Pyrénées.

> Haut. 1^m 14.

370 Deux colonnes en marbre de Bizerte.

> Haut. 1^m 26.

371 Deux colonnes en marbre gris.

> Haut. 1^m 28.

372 Deux grandes vitrines en bois vernissé noir avec intérieur en fer et cristal.

> 2^m 38 × 2^m 20.

373 Vitrine en noyer.

> 1^m 95 × 1^m 50.

MÂCON, PROTAT FRÈRES, IMPRIMEURS

Imp. Fortier e. Marotte._ Paris

Fortier & Marotte

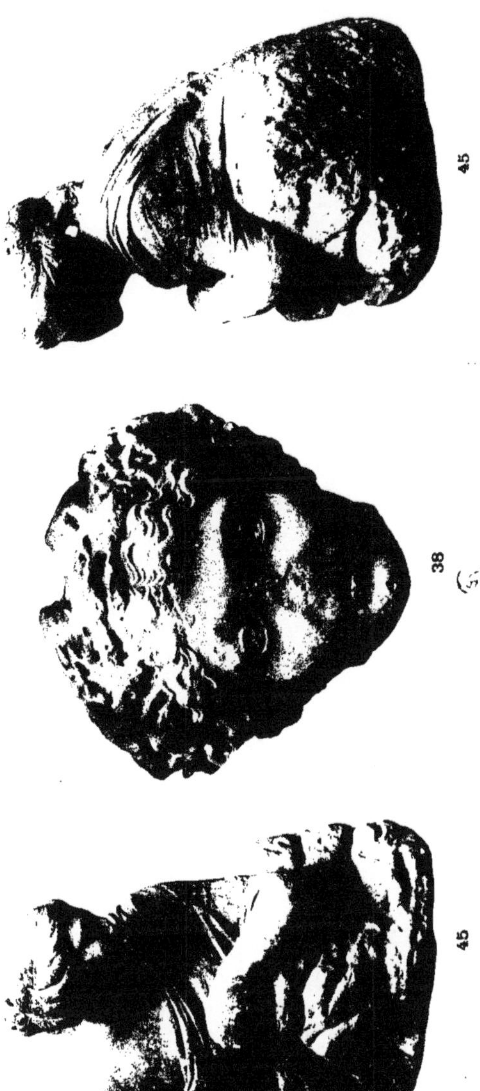

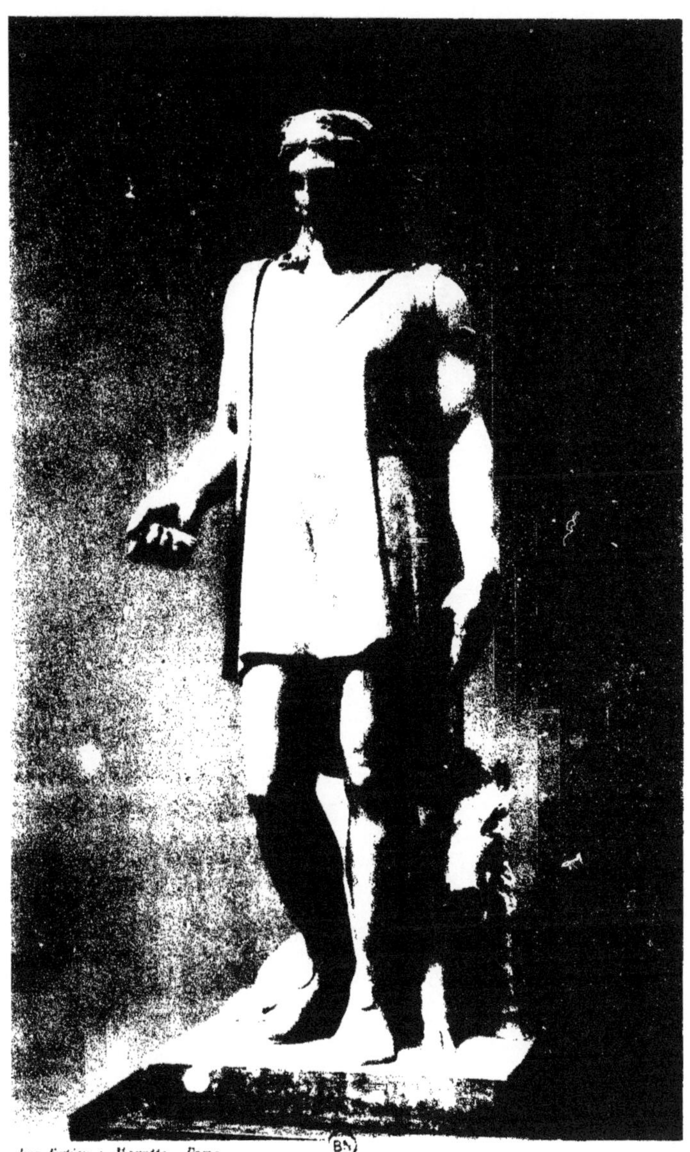

Imp. Fortier & Marotte._ Paris

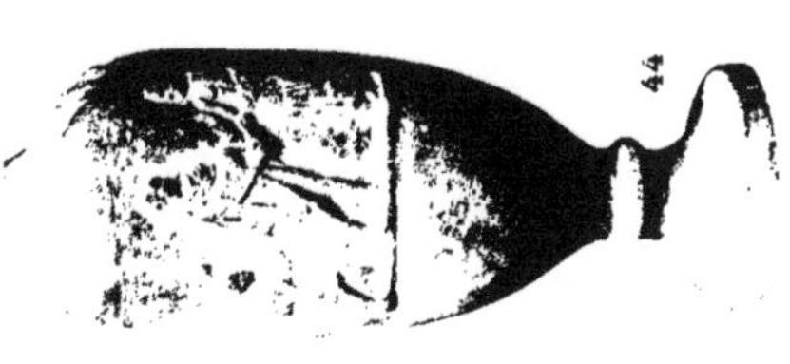

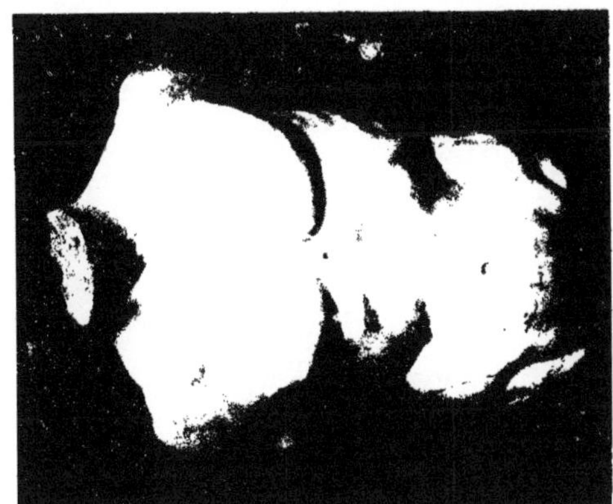

Imp. Lotter, à Marseille.

51
38
52
362
Imp. Kreuss & Mariotte. Paris

46
47
48
362

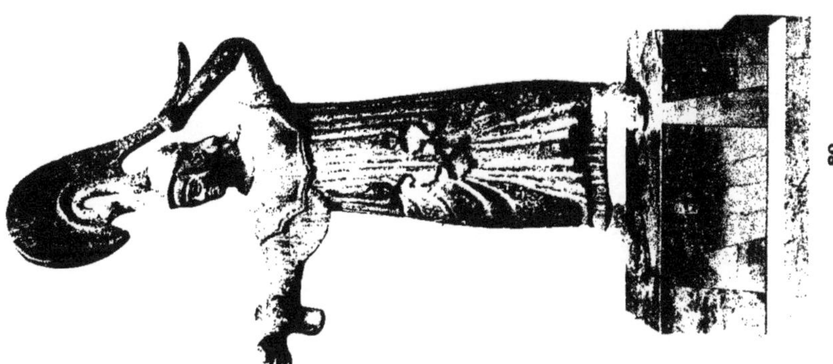
80

94

Potier d. Marotte.

95

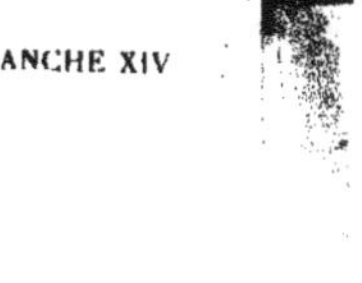

126

125

Imp. Kutier - Marotte — Paris

Fortier & Marotte.

188

Imp. Fortier & Marotte _ Paris

Imp. Fortier & Marotte _ Paris

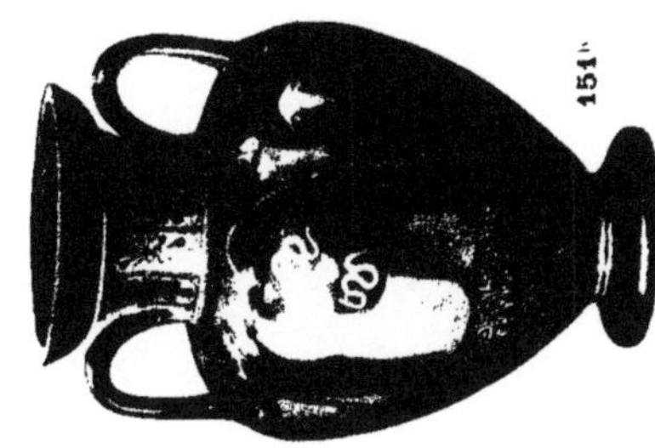
151ᵇ

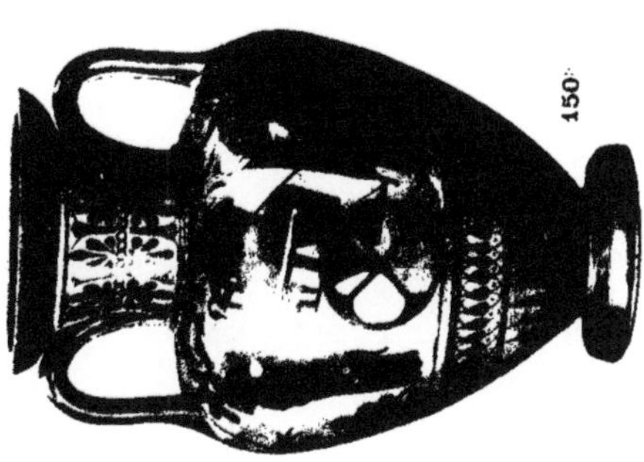
150ᵇ

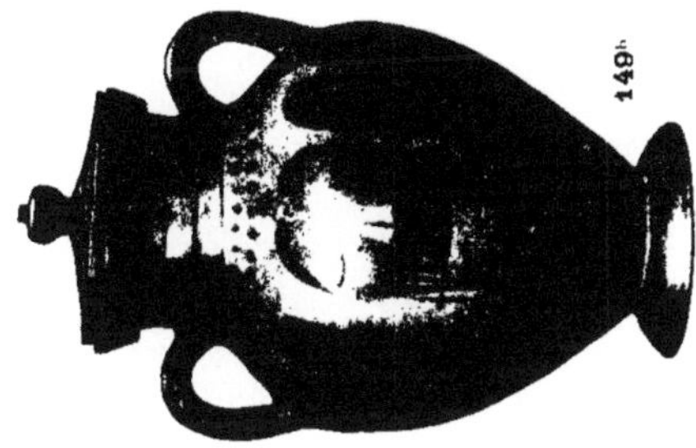
149ᵇ

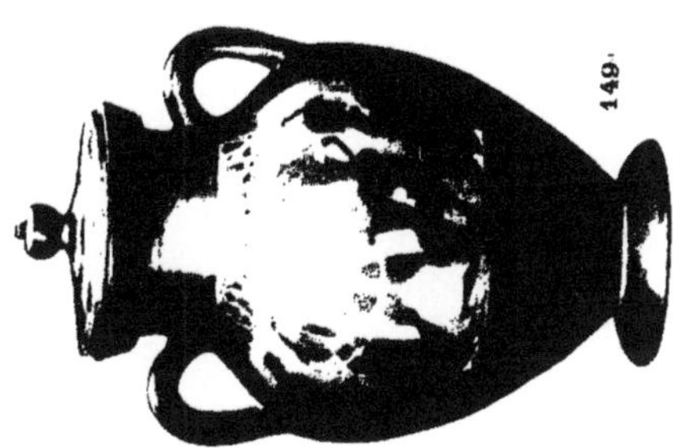
149ᵃ

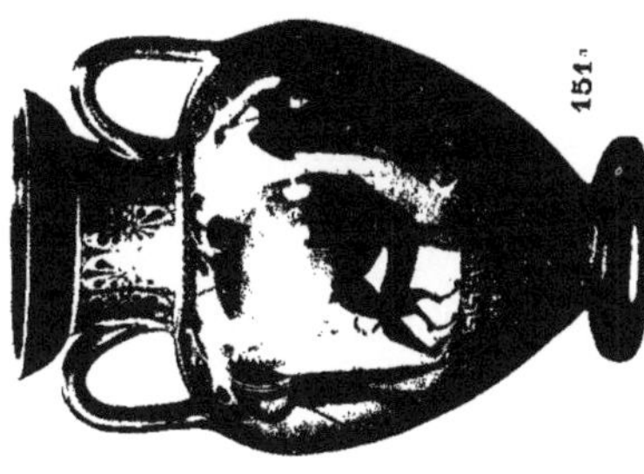
151ᵃ

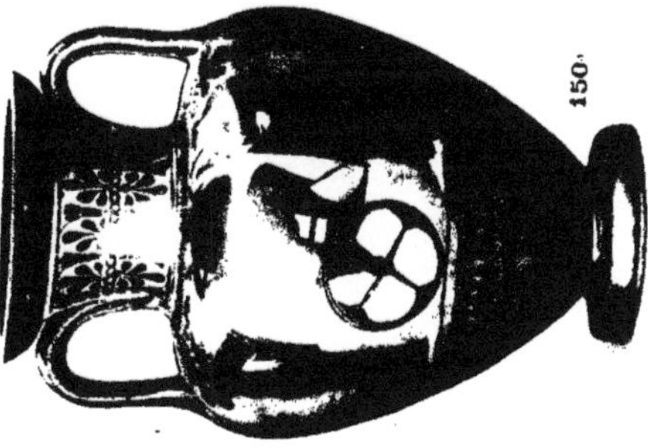
150ᵃ

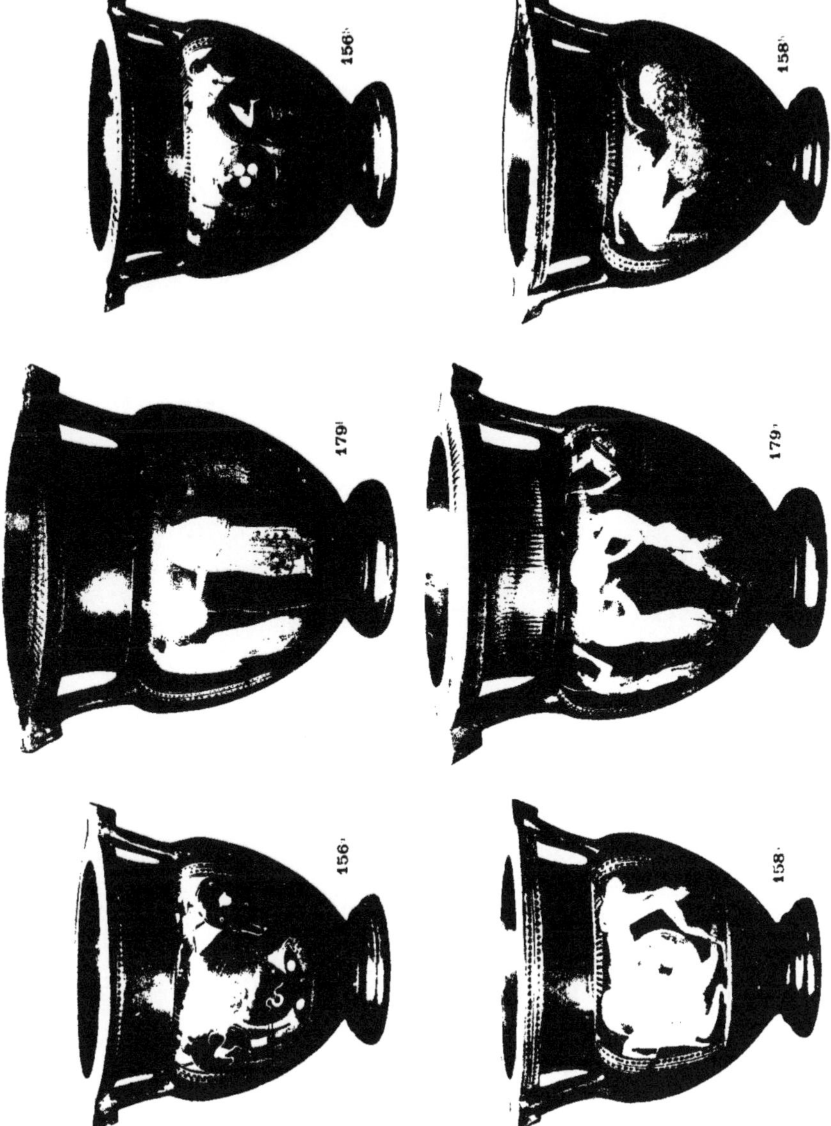
156
158
179
179
156
158

159
161
190
163
160
165
169
171
170
168

146
174
152
180
155
182

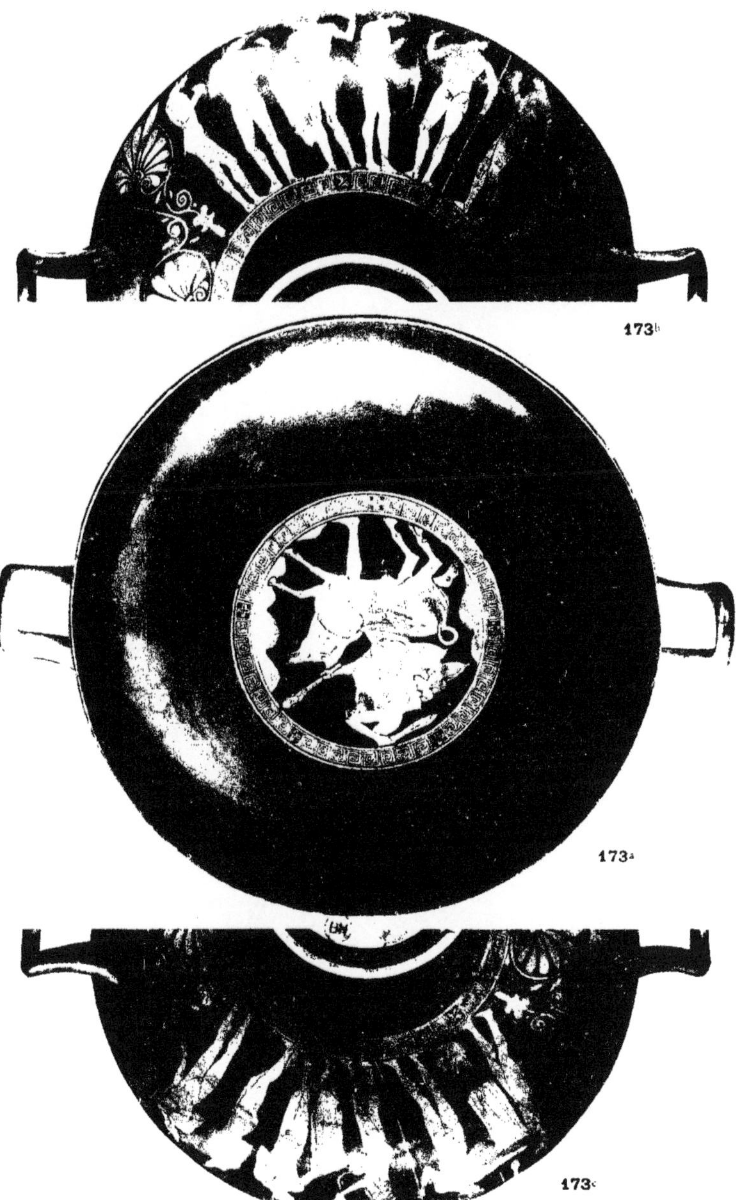

173^b

173^a

173^c

Imp. Fortier & Marotte. _ Paris

172
214
130
215
188
225
193
217
194
219
221
235
237
243
220
Imp. Kreter & Marotte. Paris

185
184
201
192
199
200
167
196
204
195

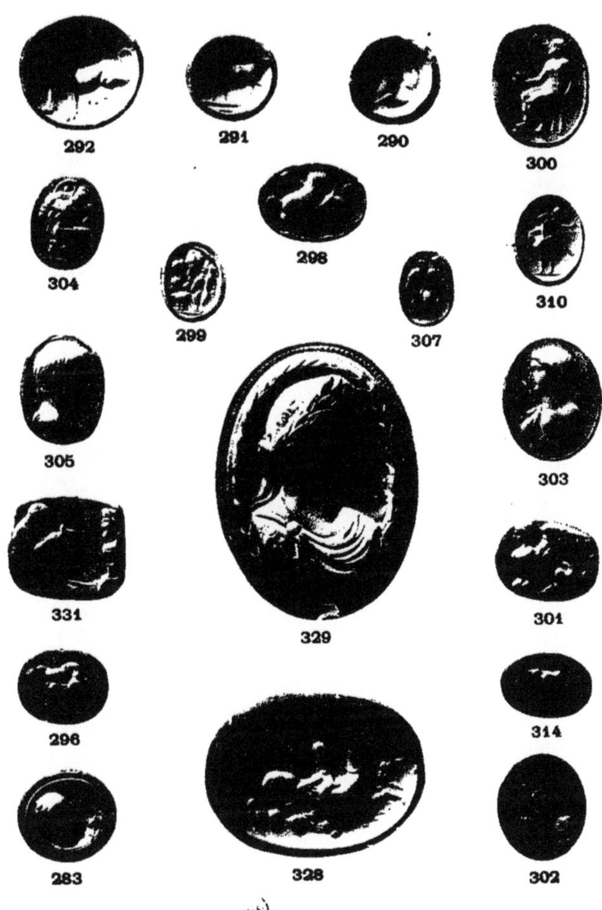

347

338

359ᵇ

355ᵇ

346

342

358

340

344

341

359ᵃ

355ᵃ